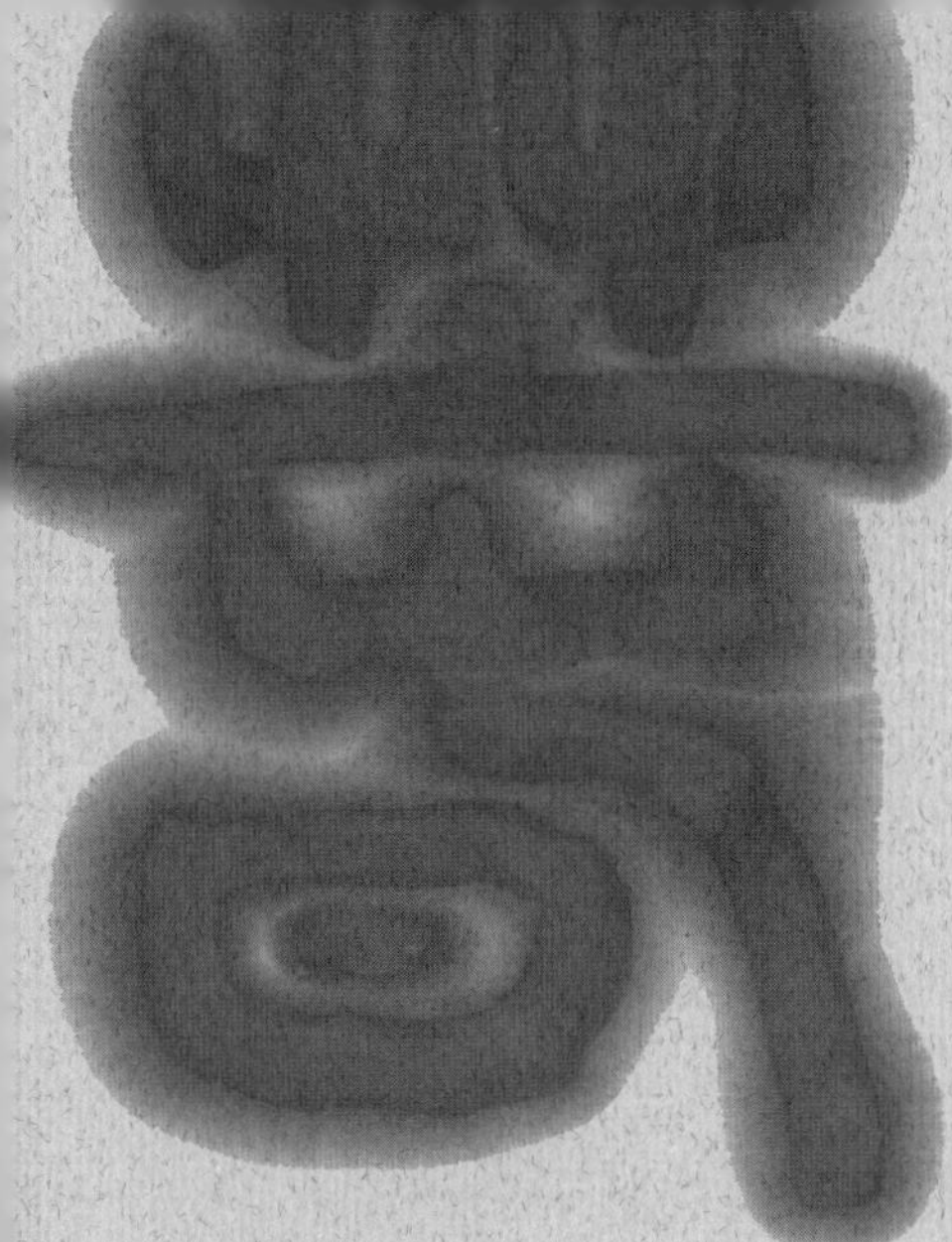

春

みちのく

清岳こう

思潮社

春

みちのく

清岳こう

少年少女

リングに上がる

人生は美しく

表紙＝「春」阿部珠翠、装幀＝思潮社装幀室

春

みちのく

少年少女

ばらの芽に

毛虫が一匹
今年はそっとしておく
ともに生きのびたもの同士

街角で

大木が裂けるように声が上がる
ドラッグストアのど真ん中で
スーパーマーケットの片隅で
地下鉄の順番待ちの列で

どなり声はなかなか止まない
どなり声にはどなり声さらに肩をつかむ
商品が少ないとか冷房が効いていないとか
子どもが泣きだす

やがて　誰もがうつむく
誰もが寂しくなって
うつむいたまま散っていく

土地神の名を

女川　亘理　閖上
すらすらと地名を書けるようになった少女たち
白砂青松　山紫水明
美しい文字の組み合わせだったと知った少年たち
今は
「見渡せば花も紅葉も」の風景だけがしずかに翼をひろげて

＊女川《おながわ》　亘理《わたり》　閖上《ゆりあげ》
＊『古今和歌集』巻四藤原定家より

転入生

空気が重いのです
咽喉にかん高くさえずる鳥がいるせいです

ふるさとに戻るに戻れないのです
甲状腺にはばたく鳥がいるからです

私の呼吸にカナリアの一族が
住みついているのです

ママン

とにかく　かわいいの　美人なの　スタイル抜群　だから　何でも似合うの
ビビッドな赤ショッキングピンクも　おまけに　乙女チックな花柄ワンピース
フリルふりふりのスカートだって　何でもござれよ　そう　そんじょそこらの
母親とは違うのよ　信じられない？　信じられないって目をしているわ　やっ
ぱり信じてないでしょう？

信じようと信じまいと　とにかく　すてきなママン　浜っ子のママン　魚河岸
の華なのは私自身がよく知っている　おまけに誰とでも友達になれる　そう
コミュニケーション能力一五〇パーセント　一五〇パーセントはしょっちゅう
暴走し　寿司屋のいなせな見習い造船所の兄ちゃんマグロ捕りの炊事当番と手
に手をとって

教室の窓辺で　ママンはママンママンと呼びたてられている　沖行く風がちょいといたずらでもしでかしたのか　春の日長の夕暮れがとんでもない幻でも見せたのか　つい昨日まで　あいつは使えねえ　あいつは母親失格だ　なんて毒づいていたはずが

とにかく　ママンの連発で　若々しいママン友達ママン理想のママン魅力的なママン　私たちをこれ以上ほっぽらかしにしないで　妹が生きているか弟が怪我をしていないか　大地震大津波の後くらい電話してきて　ママンはママンママンママンと狂おしく呼びたてられている

夏の短夜の片隅　ママンはママンママンなんて呼びたてられる筋合いはないと鼻っ先で笑った　今までどおり「あいつ」と切りすて叩きつけ吐きだすがいい　呑んだくれの甲斐性なしの優しい父親のもとで　と

十七歳には知らせない　ママンのせりふ

休学届

体育館の天井が崩れかかり
腕から血が噴きこぼれ

崩れかかり落ちかかったものは漂いだし
噴きこぼれあふれたものは流れだし
ことばも行方をくらまし
仔犬のハッピィもどこに消えたのか

しばらく　そっとしておいて
私は停まった〝時〟のねじを探しにいくのです

元をただせば

「がれき」と言われ
「ガレキ」と書きたてられ
「瓦礫」とひっくくられ邪魔にされ

でも
テレビ　こたつ　お鍋
「たのしい　さんすう」　リコーダーだったのです
笑いの　ぬくもりの　楽しみの
時々　ちょっとしたケンカの種だったのです

食欲

鶏の唐揚げ肉じゃがを平らげ
どんぶり飯をかきこみコーンスープをお代わりし
漬物梅干しふりかけまでひっぱり出し

十五歳は食べる
黙って食べる

「ふん」とそっぽを向き
「けっ」と階段をかけあがり
「ばあか」と部屋に鍵をかけ

胸にあふれる苛だちを

胃の腑にたまる怒りを
腸《はらわた》にうずまく何かを

十五歳は呑みこむ
黙って呑みこむ

十五歳の未来はひもじいままだ

とにかく

机につっぷしたままなので肩をゆする　ここは保育園ではありませんお昼寝の時間はありません　小論文を書きなさい　「日本人の未来」「エネルギー問題」について書きなさい　と

「復興に必要なもの」「災害に強い街作り」なんかより死にたい　と涙がこぼれる　就職も進学もしない　卒業したら死ぬのが目標だから　と涙があふれる

母親は姉と妹ばかりをかわいがる　地震の時だって避難所は別々だった　父親に顔が似ているから性格が似ているから　と涙がしたたる　ごはんだってコンビニ弁当をいつも独りぼっちで　と涙でぐしゃぐしゃになる　「お母さんも疲れているのよ」なんて綺麗ごとははねつけ声をあげ

離婚した亭主にそんなに似ているのだったら　私だって毎日顔を見たくないだろうな　私だって文句の一言二言百回千回言って　時々こづき回しひっぱたくだろう　と言う

とにかく　葬式代くらい稼いで死になさい　楽に美しく死ぬ時期《チャンス》が来るまで待ちなさい　それにはちょっと技術《テクニック》がいる　幸せになること　道路も港も工場もぶっ壊れて簡単に幸せにはなれないから　幸せになりたいと願い続けること　いい男と結婚したつもりが離婚騒ぎは日常茶飯　おまけに　子どもは生意気小生意気反抗期には大暴れ　やっぱり幸せになれなくて　でも　そのうち楽に美しく死ねるかもしれない　爺ちゃん婆ちゃんたちのように　人生にあきあきして

ぐしゃぐしゃに濡れた顔が笑う　大笑いする　クラス中が大笑いする

休み時間

放射能って本当に降っているのですか？
野球少年が坊主頭をあげた
放射能って本当に危険なのですか？
野球少年が腕を組んだ
放射能って見えないじゃないですか
見えないものは無いっていうことですよね
野球少年がたたみかける喰いさがる

ヘドロの昏い海を砂煙の平野を背に
セーラー服がいっせいに振りむく
スカーフの下で花首があがる
襞スカートの奥で蕾がふくらむ

少年少女たちは教室から逃亡していった
渡り廊下で柔軟体操をするふりをして
A階段B階段を駆けあがっては駆けくだり
体育館でダッシュを繰りかえしているうちに
空のひびわれにもぐりこんだのか
時のさけ目をつたいおりたのか

校舎のどこか遠いところに
小さな王国がうちたてられたらしく
明るい笑い声があがる

放射能なんか認めるわけにはいかない少年たち
放射能なんか認めたくない少女たち

断水

ままごとでもするように
ペットボトルを何本も何本も並べている
マフラーの女の子はうつむいたまま

雪どけ水がひかり　また　ひかり

ペットボトルは
屋根の間からのしたたりを受けとめ
雪どけ水はすこしずつ溜まっていく

かじかんだ指先が赤らみ　また　赤らみ

生きていると
日に三度はひもじくなる
食べれば出るものも出る
人間ってなんてやっかいな生き物だろう
一回流すのにバケツ三杯は要る

あれからも
女の子たちにふいに出くわす
青葉の街角にペットボトル
月光の軒下にペットボトル
ふぶきの路地にペットボトル

授業中ですよ！

「つ、地鳴りがした」とリボンたちがざわめく
あれは工事中のモーターの音
「つ、揺れた」とセーラー服たちが立ちあがる
あれは風が雪を呼ぶ声

「ぁ、どうしよう」
「え、帰れなくなる」
二十四人が窓にかけよる窓にしがみつく
空を渡って行くのは突然の雪雲だけというのに
あの日　少女たち八百余名は体育館に泊まった

天井から暗幕・カーテンを引きずりおろし
すすり泣きながら悲鳴をあげながら

あれから夏がすぎ秋もすぎたというのに
たちまち血の気がうせ目が泳ぎ
完了の助動詞「つ」「ぬ」「たり」「り」など我がことにあらず

少女たちの肉体はいつも過去に帰っていく

春夏秋冬

ハイキング
クラスマッチ
あの子はフクシマの避難先からやっと学校へ戻り
(米も水もないからと下宿を引きはらい親元へ帰っていた)

夏季講習
剣道部合宿
あの子の家は父親のお葬式が出せない
(母親が待つと言うのだ　絶対に帰ってくる　帰ってくるまで待つと)

文化祭
期末テスト

あの子の家族六人は叔父さんの家に転がりこんだまま
(叔父さんの家にだって　爺ちゃん婆ちゃん叔父さん夫婦に従兄たち)

修学旅行
合唱コンクール
あの子も授業料免除申請中
(あしなが奨学金　亀井奨学金　育英奨学金　みちのく未来基金　東日本大震災みやぎこども基金　その他さまざまな書類を出したのだが)

赤点補講
ミニコンサート
卒業式予行練習
あの子は母親のふるさとナガサキへ一家転住する
光はまだまだ見えない
が　ともかく　生きている

復学

家ごとどこかへ運ばれていた
『スラムダンク』のシュートがかっこよかった
コーラを飲んだ　朝が来た
『あしたのジョー』のフックに胸がすかっとした
ヨーグルトを食べた　次の朝が来た
『ドラえもん』ののび太の意気地なしは俺に似ていた
細長い空に雪がふった　何回か朝が来た
『こち亀』の両さんパワーで笑いまくった
マヨネーズを舐めた　何回目の朝かわからなくなった
『ジョジョの奇妙な冒険』『ワンピース』に夢中になった
もう　朝なんてどうでもよくなった
『バガボンド』のページをめくる指がしびれた

体がふるえた　爪先が凍った
屋根が覆いかぶさっていた　屋根の上で手を振った

大丈夫か？　生きているぞ！
ヘリコプター　救急車　看護師が次々に押しよせ
何日間もあきらめず　さすがだと言われ
フラッシュ！　フラッシュ！　フラッシュ！
今の気持ちは？今の気持ちは？が次々に押しよせ
よくがんばったと言われ　英雄的だと言われ

海辺をぶらぶらした　生まれたてのかまきりを見つけた
誰にも会いたくなかった　雪虫が飛びはじめた
ラケットも振れずボールも追えない　花あぶが耳元をかすめた
体のふるえは止まらない　爪先は凍ったままで

とりあえず
校門から教室までは歩ける

風景

バンザイバンザイ　と
日の丸がふられ
父を母を女房子どもを残し
兵士の多くは野に山に倒れふした

オメデトウオメデトウ　と
笑顔にかこまれ
男も女も生徒も
ローンを奨学金返済をかかえ
再出発

出席簿

慶長十六年　明治二十九年　昭和八年
家を舟を命を根こそぎかっさらわれぶんどられ
七海《ななみ》　夏海《なつみ》　真海《まみ》　帆波《ほなみ》　好海《よしみ》
海人《かいと》　拓海《たくみ》　広海《ひろみ》　海生《かいせい》　千洋《ちひろ》

それでも
こんなにも海を愛しつづけた親たちがいて
こんなにも海にだかれて育った子どもたちがいて

リングに上がる

雑誌社

できたら　列車が瓦礫に埋まっているの
大型船が民家の屋根に乗り上げているの
松の大木が根こそぎ田んぼに散乱しているの
地獄絵図のようなのをと遠距離電話がかかり

まっさきに海辺へかけつけた高校生の
いつも高級カメラをぶらさげている中年の
写真が趣味のと尋ねあるいたが
青二才の　物見高い　軽薄なと思っていた
誰ひとり写真なんか撮ってなくて

壊滅的な悲惨なとひとくくりにできない

一足ごとの痛みが
一足ごとの苦しみが
シャッターを拒んだのだ

あれから
長い時間が流れたが
私たちはめったに海辺の町へは行かない
まして　写真など

フリーマーケットで

スイッチを入れ　ラジオの緊急速報が鳴ったのはほんの数分　あんな電池　電池ではない　エネルギーのひとしずくしか溜まっていないなんて　電池とは呼べない　欠陥商品ではないか　詐欺ではないか　私の声は抑えようもなくかん高くなる　早口になる

だってお客さん　この電池がいいなんて奨めたりはしなかったよ　この電池を買わなきゃ損だ　この電池こそ世界にほこる優良商品なんてコマーシャルはしなかったよ　だから　押し売りも誇大広告もしてはいない　お客さんがつかつか寄ってきて　ろくろく見もせず　電池の形をしているからって電池だろうと勝手に買ったんじゃないか　俺はまっとうな商売人だ　今は電池だってろくに手に入らないんだ　お客といえども金を出せばいいってもんじゃない　などと

人だかりができる黒山の人だかりに囲まれて　それでも　怒りはおさまらない　たかが電池一個というなかれ　電池一個で助かる命もあるのだ　私のマシンガントークは止まらない　ところで　だまされたお客さん自身の責任はどうなんだ　などとニヤリとする　お客さんに目ききの才能審美眼がなかったのは　俺のせいではない　と

そういわれれば　短い人生　ずいぶん騙されに騙されたもんだ　単三電池を握りしめて汗をぬぐう　手始めは結婚相手だった　でも　これを騙されたというのだろうか　人生に無責任な男には何の罪もなく　ヒロシマ　ナガサキの後も　目ききの才能審美眼がないまま　うかうかと夢を見ていたのはたしかで

我にかえれば　金髪碧眼の商売人は影も形も見えず　ところで　電気はどうする　エネルギー問題はどうする　ニホンジンひとりひとりに　宿題の春　春休みの宿題ができなければ　春休みは終わらない　ずっと春休みもいいじゃないかと笑っていると　遠足にも行けない運動会もできない修学旅行も計画だおれになる　はては　卒業延期となり　永遠の「十二歳」ということになってしまう　やはり　電気はどうする？　エネルギー問題はどうする？の春なのだ

＊一九五一年、米上院軍事外交合同委員会聴聞会におけるマッカーサーの回答。『昭和二万日の全記録第9巻』講談社より

戦後

貧しいのは厭だ　貧しいとあれもこれも欲しくなる　あれもこれも欲しくなると　あれもこれも手に入れたいと頑張ってしまい　不眠不休で動きまわり働きまわり　体をこわしても　人並み世間並みをめざして頑張り　あげくに　くれる物は何でももらってしまう　ただより高い物はない　なんてご先祖様のありがたい言葉も忘れてしまい　身の丈にあった　なんて謙虚な言葉は捨てっちまうのが革命的と

中流は厭だ　中流になってしまうと中流っていいなと満ちたりてしまう　息子が深夜の素振り練習で何をぶっ飛ばしたいのか何をぶっこわしたいのか　気がつかないのか気がつかぬふりなのか　娘が昼下がりの冷蔵庫をのぞきこみ冷蔵庫をかきまわし餓えに餓えているのを　見たことがないのか見て見ぬふりなのか　とにかく満ちたりているポーズを止めるわけにはいかず　たしかに　水と

空気と安全はただと幻想的理解を示し

お金持ちは厭だ　お金持ちになるともっともっとお金が欲しくなり　「恥の文化」なんて笑われると　恥も外聞もなく「恥の文化」を投げ棄て　オートバイをトラックを他国の戦場にまで売りに行き　ふるさとを人情を大売り出しにし　海も山も投げ売りにし　過ぎたるはおよばざるがごとし　なんて忘れっちまうのが進歩的と　もっと何か悪口を書きたいが　お金持ちの経験がないので　これ以上は書けない

上流は厭だ　がつがつするのには不慣れのふりして　平和・友好・国際化にやけに理解を示し　「諸行無常」はあくまでも文学的テーマでしかなく　児孫《じそん》のために美田を残さずとうそぶき　もっと何か書きたいが　上流の経験がないのでこちらの悪口もこのくらいで腰くだけとなり　厭だの次は嫌だとしか書けない

戦後　貧しいが大手をふって歩かなくなり　デモも争議も集会も影をひそめもはや戦後ではないと言われればそんな気もして　誰とも争わず競わず　みん

な中流になって仲好く共存　原子力発電とも折り合いをつけ　ちょいと中庸の
美徳をきどり　クリーンエネルギーの甘い言葉にやすやすと言いくるめられ
六十年前の悲惨さえ暗い話は重いと水に流し

でも　中流もお金持ちも上流もいっしょくたになり　今日　地球的規模で経済
的つなみに襲われながら　被災地にあふれる笑顔がクローズアップにされ　も
はや　震災後ではない　と計画的に宣言される日が　ぼんやりした不安もはっ
きりした不安も切りすてごめんにされる日が　そこまで来ている

＊ルース・ベネディクト『菊と刀』より
＊『現代日本文学大系43芥川龍之介集』「或旧友へ送る手記」（筑摩書房）より

美しい国の優しい王様

王様の国はとても小さな　でも　美しい国　太陽は海から昇り海に沈む　神秘の国　王様はジョギングが大好き　自分の健康は自分で守らねばなりません　朝に夕に　健康な汗をかき　無農薬・有機栽培の野菜で守りを固め　遠い昔王様にはやんちゃな王子愛くるしい姫　もちろん優雅にほほえむ妃もいたような気もするのですが

王様の国はとても小さな国　でも　平和な国　青空の下では牛が馬がのんびりと草原にちらばり　桃もりんごも甘く実る豊かな国　王様は楽しく暮らし　今日も四輪駆動のジープでお出かけ　深い森けわしい山もひとっ跳び　遠い昔春は花見にうかれ　秋ともなれば紅葉を焚き焼き芋をかじるのも楽しみで　年の瀬には各種さまざまなローンも気にせず忘年会でカラオケのマイクを握っていたような気もするのですが

ある日　王様は一年中涼しく暖かいお城の片隅で光かがやく卵を見つけました　どうしてこんな所に？　なんて考えたりはしません　王様の四畳半に転がっているからには　王様の物なのですから　その卵は今まで見たことのない物でした　手に乗せると　光はいっそうかがやきをまし　王様はすっかり卵が気にいりました　何といっても　自分から王様のそばに転がりこんで来たのですから

やはり　卵は魅力的なカーブの持ち主でした　王様は最初っからそうではないかと想っていたので　しめしめ　この卵は私だけの物とうれしくなりましたと　いっても　この国には王様しかいないのですから　卵は最初っから王様のふところで温まり　王様と寝起きをともにし　王様に育ててもらおう　と計算してのことにちがいありません　でも　王様はとても素朴なお人柄　つまり世間でいうお人よしでしたから　卵を育てるなんて苦にもならないこと　むしろ　喜びでした　国際的に孤立無援だった王様に　すてきなパートナーができたのです

卵はやはり魔法の卵でした　日ごと夜ごと光をまし　まぶしくて見つめることができないくらい巨大になり　でも大丈夫　百利あって一害なし　卵はつぎつぎに新しい物モダンな物を出してくれたのです　王様は介護用ロボットにお掃除ロボット　おまけに探査機ロボットだって手に入れたのです　何といっても卵は頼りになるし　変幻自在の強力なカーブは世界中のあこがれの的になっていたのですから

パートナーというものは　おうおうにして　図に乗るもの化けるもの手に負えなくなるもの　これは世間ではよくあること　これがなくてはお話になりません　で　光かがやく卵はたちまちに食欲旺盛となり　王様をすっぽり呑みこみ王様は少しずつ溶けだし　でも　王様は幸せでした　だって王様はフレンドリーな卵に呑みこまれるなんて想ってもみなかったし　だいたい　自分が溶けだしていくのを知ったからって　あわて騒ぐような小物ではないのです　もうすぐ王様は光る卵そのものになるのだって　これはこれで運命　とあきらめるタイプですから

それから王様はどうなったかって？　卵はたちまち雛になり天がける怪鳥にな

ったかって？　続きは　このお話を読んでいる皆さんといっしょに作りましょう

クラシックス

「癒しのひとときを」　やわらかい声がささやく
草原　夕焼け　一番星
イングリッシュホルンがたどる風の道
クラリネットがフルートが駆けだしていく野いちごの茂み
チェロの望郷の思いはつのりにつのり大河となって流れだし
「新世界」　ああ　このＣＤを買わなくては
今すぐ買わなくては　とテレビにくぎ付けになる

「思い出のクラシックスを」　きよらかな声がささやく
はてしない大地　肌をなめる太陽
装飾音符のすきまからしたたるため息
華麗な急テンポからあふれる愁い
枯野を星明りの下をさすらい流れただよい

「チゴイネルワイゼン」　ああ　このCDを聴かなくては
今すぐ注文しなくては　と立ちあがる

「ヒーリングクラシックスを」　甘い声がささやく
重低音の連打につぐ連打とうねり
雄大な創世記は始まっている
神秘の物語のとびらは開かれた
「木星《ジュピター》」　ああ　このCDに慰められたい
今すぐ今すぐ　と電話番号を押す

我が家にやってきた「新世界」「チゴイネルワイゼン」「木星」
しかし　癒しの思い出のヒーリングのクラシックスはただ騒々しく
よくよく見れば　指揮者　楽団名もない海賊版CD

なぜこんな買い物をしてしまったのか
柱が屋台骨がきしみ障子・襖が鳴りやまない不眠の日々に
クラシックスで終止符を打とうなどと

枕ことば

新幹線から降り　「ぬばたまの」漆黒のみちのくを背中に張りつけたまま歩きだす　新宿三丁目の交差点で赤信号に足止めをくう　新宿三丁目の交差点は気温３８・５　気温３８・５の直射日光にあぶりあげられ　「ぬばたまの」漆黒のみちのくの阿鼻叫喚に聞き耳をたてる人は　が　誰もいない　さあ青信号渡れ進め　と駆けだしていく

空高く駆けあがり押しよせた「わたつみの」海を　かきわけ振りはらい　新宿二十五階の会議室のいすに座る　新宿二十五階の会議室の安全　いいや　絶対安全なんかこの世にないのだと骨がきしみ始める　腰が浮く　足元の絨毯にうずまく　「千早ぶる」神々の声を聴く人は　やはり　誰もいない　ところで今日の議題は明日の課題はと回転速度はあがる

「ひさかたの」天から降りかかった　海の寂しさ大地の嘆きは　いつの間にか　会議の枕言葉になっていて　ひとしきり「復興」「再生」の免罪符が飛びかい「あしびきの」山と積まれた議題の前に　新宿二十五階　会議室のいすに　深く　独り　沈んでいくしかないのか

一年目

指を伸ばす
ひとさし指でなぞる
上から下へ
ジグザグに

腕を伸ばす
てのひらでなでる
右から左へ
波うちながら

長い間
見えていなかった見ようとしなかった

見て見ぬふりだった見たくなかった
壁のひびわれ壁のよじれ壁のすきま

隣町では崖崩れがすすみ
大雨のたびにあの家この家が宙に浮き
人っこ一人犬一匹いなくなった

家の傷は地面の傷につながっていて
地面の傷は大陸棚の傷につながっていて
海底に広がる山も谷も深手をおっている

ほら
今日も地の底が鳴る
腹にひびく揺れがつづく
地球がうめき声をあげている
地球が新しい世界の陣痛に苦しんでいる

過呼吸

しまったと思ったが
咽喉元をしずかに締めあげられ
しまったは手おくれになっていて
血の気がひいていく
頬がつめたくなる
唇がかわく

呑みこみすぎたのだ
海のことばを
大地のことばを

指がふるえる

右足左足がもつれる
全身がしびれはじめる

海の五体投地を
大地の粉骨砕身を
原稿用紙に写しとったせい

朝

仕事を辞めたい　が突然湧きあがってくる　仕事を辞めたい　は歯を喰いしばっても　握りこぶしを作っても湧きあがってくる　理由なんかない　何の事情もない　でも　何が何でも辞めたい　は溢れだしこぼれだし

車のスピードを落としハンドルを左に切り　路地に入りこみ方向転換をするゆるやかに右にカーブし橋のループを引っかえしてもいい　何が何でも行かない　二度と行かない　校長が電話をかけてこようと　教頭が怒りくるおうと行かない　そう　何が何でも行かない　絶対に仕事を辞める　と決心する

とにかく家に帰る　何が何でも家に帰る　車のブレーキを踏み　Uターン禁止のマークなんか無視する　急停車・急発進をくりかえし　パトカーに追っかけられたってどうってことはない　何が何でも家に帰る　絶対に帰る　雪柳の垣根がある家　白木蘭が噴水となってきらめく　白雲木のそびえる　あの家に帰

ると決心する

かたくかたく決心した後　つい点滅信号を渡ってしまう　今度こそと思いながら　意気地もなく　右折レーンに入れない　左折レーンにも並べない　いつまでも直進に直進をつづける始末　あろうことか　学校が近づく気配　あの校舎　通行禁止の昇降口　いつ崩れかかるか分からない廊下の壁　水びたしの椅子机が散乱している　教師はみな目を血ばしらせ頬を上気させ　あるいは土色に沈んだ皮膚　うつろなまなざしのまま走っている　教室から教室へ　教室から会議室へ　みながみな　走っている　走っている教師がみな走っている　校舎が近づく　たちまち近づく

分かっている　このまま尻尾まいて逃げ帰っていいはずがない　あの生徒は家を津波に持って行かれ　あの生徒は避難所閉鎖のため全壊の家で余震におびえ　あの生徒は母親と妹の行方も分からない　それでも　学校に来ている　白いスカーフを胸に結び　真っさらなノートを開いている　それでも　それでもと　ハンドルを持つ手が汗ばむ

生徒たちは私の魔法の呪文を待っている　青春ハイスクールに「来」るならば自転車こいで「こきくくるくれこよ」　学校にはすてきなイケメンも「おはします」勉強しませう恋しませう「せしすするすれせよ」　どんなに苦しいことがあっても辛くても「な死にぞ」「な往にぞ」「なにぬぬるぬれね」　心に太陽「あり」「居り」「はべり」「いまそかり」「らりりるれれ」　あれは嘘っぽちだったのか　お遊びだったのか　愛らしい瞳を見開いて声をあわせていた生徒たちをほっぽらかすのか　まだまだ繊細華麗な推量の助動詞「べし」は身についていない　勇猛果敢な願望の終助詞「もがな」には出会っていない

右折に左折　まして逆走など許さない　私の弱っちい精神を蹴ちらし　車はひた走る　制御不能のままひた走る　何が何でも辞めたい　何が何でも家に帰るは　ぶっ飛んでいく　ぶっ飛んでいく

ローズピンク

図書室のカウンター
総崩れになった本を背に
天井からしたたる水を背に
エプロンにゴム手袋
でも　口紅をきちんとつけて

それだけで
仮設住まいの阿部さんは
今日も元気
今日も大丈夫と思う

ある所に

小さな水たまりがあった
水たまりはお日様に照らされ
たちまち干あがりはじめ

魚はあわてた
魚は息ぐるしくなった
魚の全身は熱くなった

小さかった水たまりは
いっそう干あがり
魚は叫んだわめいた

そこへ大きな鳥がやってきて優しく言った
「水をたっぷり飲ませてやるよ。河の水を引き込んでさ。たった一日のがまんだ。」

遠くの国の話ではありません
今日の話
明日の話
私たちの話です

＊『荘子』より

ゴングは鳴っている

うつうつと日を過ごしていい
書きたくないものは書かなくていい
書けないものは書かないがいい
うつうつと季節を重ねるのもいい

ところで
おこうちゃん　よ
菜の花さくら草チューリップを並べなければ花屋じゃない
孤独なリングに上がらなければボクサーじゃない

そうは思わないか

人生は美しく

女たち

1

呻きつづける手おいの陸《おか》
陸といっしょに揺りかえされ
せめてもと乳をふくませる

うちの孫ではない
目の見えない赤ん坊なんて　と
帰るところもなく行くあてもなく
深手の陸ごと産院のベッドごと
今日も揺られている

情け容赦なく津波がぶんどって行ったのは
鉄道のレールや道路だけではなく

2

狭いアパートに父が母が妹が打ちよせられ
砂があがり埃がまい糞尿がにおい

渦まきうなる大波は
朝に夕に立ちあがり
沈みきった女の耳元でいつまでもたけり狂う
「実家ばかりを」「嫁の分際で」印鑑を押せ　と

資材の発注に追われ機材の手配に血まなこになり
建築会社の事務所は殺気だち大声がひびき

天からなだれる海は
日ごと夜ごと襲いかかり

疲れきった女を何度も呑みこむ
「痴呆のおふくろを見捨てるのか」
「年金暮らしの俺を見放すのか」　印鑑は押さない　と
我慢もこれまでと海は川をさかのぼり原始をめざし
海底をあらわにしたまま塵あくたを引っさげ
辛抱強かった無口だった女たちを引きずりだす

3

「寒い」「寒い」とたき火を囲む人影
女は雪がまう小川で洗濯物をすすぐ
「未曾有の」「想定外の」と海をながめる酒瓶
女は朝昼晩と包丁をにぎり炊き出しの鍋をかきまわし
力持ち働き者の男につい目がいったって
神様も許してくれようというもの

ことば

天変地異　前代未聞　空前絶後　満身創傷
大げさな物言いが嫌いだった

爺さま婆さまの　そのまた爺さま婆さまの
百年を千年を生きのびた命をかけた遺産だった　と
この年になって知る

空白白書

始まりは白だったのです　シルバーホワイト・サンドホワイト・ミルクホワイト　目につく白という白に惹きつけられたのです　何もかもを拒みつづけるいさぎよさに心ふるえたのです　なかでもアイスホワイト　鋭い光を含んだかたくなな塊はあらゆる偽りを拒む激しさに満ち満ちていて

そこでアイスキャンディ十本を丸かじり

アイスホワイトに音たててかぶりつき　アイスホワイトにむしゃぶりつき　アイスホワイトをすわぶり　犬歯を鳴らし臼歯をこすり　「ニューヨーク」「ニューヨーク」「ニューヨーク」を砕き　舌の先で「円暴落」「円暴落」「円暴落」を転がし　頭蓋骨のてっぺんにこだまする「捜せ」「捜せ」「捜せ」を粉々にし

アイスキャンディ二十本といっしょに　「世界経済も大津波のまっただ中だ」
「男には男の仕事がある」「日本のことは日本にいる者で始末しろ」国際電話の
向こうでがなりたてる声もまたたくまに嚙み砕き　「私はまだ生きている」を
しびれさせる儀式が止まらなくなり　アイスキャンディ一日三十本となり　ア
イスキャンディ一日四十本五十本と増えつづけ　味噌汁おでん卵焼き湯豆腐
そんな熱を帯びた俗物をはじきとばし寄せつけず

始まりは白だったのです　パールホワイト・スノーホワイト・ムーンホワイ
ト　すべての白は義父《ちち》を捜し義母《はは》を捜し　海辺を避難所を安置所をさまよった
日々の　巻き戻せない時間の　何もかもを帳消しにしてくれるのです　特にス
モークホワイト

つまり煙幕

目くらましの術こそが無双無敵の術なのです　それで単身赴任中のあの人の怒
鳴り声を煙に巻くことにしたのです　煙草五十本百本　私自身も煙の形になり
姿をくらまそうとしたのです　煙草は一日百五十本二百本二百五十本と増えつ

づけ　いぶりがっこ煎餅するめ　そんな軟弱な誘惑には負けない意志はますます強固になり

気がつけば　白衣たちが入れかわり立ちかわり　昨日の一昨日の去年の新婚の頃の青春の頃の子どもの頃の　今は霞と消えたひとつひとつを　思い出して書きとめたらどう？とささやきかけ　どう？どう？どう？は耳の奥にやわらかくうずくまり優しく居ついてしまい　目の前に積まれたのは紙　一日中　紙　指でなでれば清潔な白　掌でなでれば穏やかな白

真っ白い重なりは　なかなかすてきな相棒で　結構いかしていて　私の秘密を誰にも漏らさないのが一番で　真っ白い重なりをたあいもない思い出で埋めつづけ　やがて　甘く安らかな眠りにさそわれ　次の朝　日記帳はまた真っ白になっており　私はまた書いて書いて書きまくり　深い眠りに落ち　温かな眠りの底から浮かび上がってくる声がこだまし始め　それはたいじゅう２８キロ・３１キロ５００・３３キロ２００・３５キロと明るく響き

始まりは白だったのです　終止符は弱っちい白です　ふにゃくらの白です　い

い加減な白でも意志薄弱な白でも　薄汚れていても理想とほど遠くなっていて
も　白は白なのです　日記帳の白なのです　書きとめた者書きとめられた者
は　皆が皆　私を振りむいてくれるのです

独り暮らし

1

「おいっ、」とつぶやく男の声で　「おいっ、ちょっと待てー」　中年男のどすの
効いた声を絞る
「おい、ちょっと待て、無断で庭に入るな。勝手に植木を切るな。あげくに、
半日二万円に煙草代昼飯も出せと？　ざけんなー」　作業着・地下足袋・剪定
ばさみの大男に向かって啖呵を切る　布団から首だけ出し
大男はびっくり仰天　逃げる　あわてふためき逃げるついでに私の財布をひっ
つかみ　桐の箪笥一棹をかるがると担ぎあげ　「ああ　それは思い出の嫁入り
箪笥」の叫び声を振りはらい　下半身から消える　首だけになり　たちまち消

える　後には　布団から跳びだした寝汗まみれ

眠れなかった朝　袢纏をひっかけ庭に立てば　死んだお爺さん自慢の松は丸坊主になり　辛夷は咲かず　まんさくも開かず　蠟梅も香らず

年寄りだからって　もうたくさん　もう世間の笑いものにはならない　誰が何と言おうとばかにされても　警察に被害届は出さないと決める　あの若い大男なんか　はなっから影だけだったのだから

2

床下の土台がやられている　とにかく危ないなんとかしなくては　今すぐ手をうたなくてはどうにもならなくなる　大負けに負けて百五十万　と持ちかけられ田舎の中学の同級生だものとさっそく工事にかかってもらい

思いもかけず傾いていた崩れていた壊れていた　大負けに負けて四百五十万と請求書が送られてきて　弁護士事務所に行き消費者センターに行き友人宅に行き　自宅におしかけられ脅迫文を送られ

曲がりなりにもまっとうだった世間はやくざなことになり　おかしな言い逃れが大手を振ってあるき　あれ以来　何かと珍妙奇天烈なニュースが飛びかい

今日も散歩に出かける　いつもどおりの昼下がり　いつもどおりの児童公園・ふれあい広場のコースをイッチニイッチニと　誰が後ろ指さそうと　ひそひそと目くばせをしようと　私のあずかり知らぬこと

春の風にはうすむらさきの帽子にレースのストール　胸には愛犬セーヌを抱っこして　蚤・虱の少女時代　あの同級生も垢にまみれていた少年時代　誰もが皆貧しかった　フランス映画があこがれだった　働いて働きぬいた四百五十万を振り込んだって　美しく人生を終えたいのだからお安いもんだ　ふん　ほっといてちょうだい

あれから

意地悪だった人はさらに底意地悪くなり
我がことが大事だった人はさらに我がことだけが大事になり
貧しかった私たちはさらに貧しくなり

優しかった人はいっそう優しくほほえんでいる

七十を過ぎて

1

頭にきたこと
腹のたったこと
五臓六腑が煮えくりかえったこと
一緒になって以来のあれこれさまざま
体に刻みこんだはずのあれこれさまざまも
かなぐり棄て　忘れはて
爺ちゃんの後を追う
爺ちゃんにしがみつく

風呂トイレにまで爺ちゃんを呼ぶ

体を心を芯から揺すられ
毎日毎日揺すりあげられ
爺ちゃんなしでは一日も生きていられなくなり

2

寝ていていいのか飛びおきるべきか
すぐわかる

隣の家のお婆さんが
窓という窓を開けはじめたら震度3
大声をあげながらドアを開けたら震度5

夜中でも
明け方でも
雪が降っていても
隣の家のお婆さんの胎内地震計は
すばやく正しい

3

ビールで乾杯　乾杯　乾杯
さしみで　海草サラダで　枝豆で
無事をたしかめあい　無事を祝い

追加のお銚子がならび
寿司に海老フライ　ピザパイに一口餃子
笑いがはじけ大笑いがはじけ

女学校の同窓会に駆けつける
ダンス教室のパーティに出かける
ふるさと会の予定もある
婆ちゃんのスケジュールはめじろおし

もう　我慢なんかしない辛抱なんかしない
もう　清く正しく美しくなんかまっぴらごめん

人生　愉快にやってどんどんちゃんちゃん
どんどんちゃんちゃんやって誰に気がねがいるものか
もう一度　地震が来たって平気の平左
矢でも鉄砲でもハンサムでもやって来い　と

獲物

ある日　私は歩いていた　道はひびわれ盛りあがり陥没し水が噴きだし　つまずきながらよろけながら　スニーカーがヘドロと油で汚れていた　この通りにはコンビニ自販機パン屋があったはずだが　空からは夕闇がしずかに降りはじめ　スーパーマーケット弁当屋はあったのかなかったのか　それでもこの道を歩くしかなかった

その夕暮れ　私は歩いていた　すれちがう男たちはみながみなポリタンクとスパナを持っていた　後ろにつづく男たちもみながみなポリタンクとスパナを持っていた　男たちの目を見るのが恐ろしく　うつむいたままやり過ごし　あたりにはガソリンのにおいが満ちていて全身にからみつき　ひえびえと闇が滲みだし　ポリタンクとスパナを持っていた男たちのいかつい背を見て見ぬふりでやり過ごすしかなかった　人の歩ける道はここしかなかった

空には黒煙がひろがり火柱がたち　空には黒煙がさらにのぼり新たな火柱があがり　その夜　私もポリタンクとスパナを持っていた　空っぽのポリタンクを両手に　スパナと軍手を作業着の尻のポケットにねじこみ　男たちと同じように黙って歩き　黙って目を底光りさせ　どこかに　投げだされひっくり返っている車はないか　どこかに置きざりにされている車はないか　タンクローリーも腹をだしてひっくり返ったままだし　どうせ持ち主はいない　持ち主は何年かかっても帰っては来ないのだから　もはや夜　明りという明りは遠い星しかない日がつづいていて

その明け方　背に両肩に獲物が重かった　血にぬれた鹿肉のかたまり赤犬のやわらかな前脚

あの明け方の手で指で　私は今朝も青葱を刻んでいる

さがし物

17でエレベーターを降りると　床いちめんの波だった　さざ波の向こうでは
ジーンズの若者がしきりに立ったりしゃがんだりを繰りかえしていて　太く健
康な腕が三角波を掻きわけ掻きまわし　床いちめんには色を失ったおびただし
い重なりが重なっていて

襖？と若者の瞳をのぞきこむと　若者はうなずき　金てこを軽くひねり漆わく
を外しては外しを繰りかえし　襖紙を丁寧にはがし始めた　渋紙がめくれ新聞
紙が現れ　号外？日清戦争？これは新しい日本の夜明けへと突撃していった時
代の新聞　それから「水」の一文字　火伏せのおまじないだった　くゆり立
ち燃えさかり天も焦げよとゆらめき上がる炎は　祈り伏せるしかなかった時代
の　襖の下張で何を捜しているのだろう？　この調子だと寛永の浮世絵春画な
んぞも出てきそうな　滅びゆく者と栄えゆく者との攻防の物語も　貞観の大地

震の犯人もここらあたりに潜んでいるかもしれない

そう　浮き世だったのですから　浮かれて騒いで国民総出となって朝鮮中国南洋どこへでも出かけ　女子供もことごとく鉄砲銃剣を持たぬとはいえ兵士となって　たらふく喰って汗もかかず震えもせず凍えもせず天下泰平　でも憂き世だったのですから　何もかもが水に浮き陸《おか》も漂流し始め　若者は次の襖を手にしながらつぶやいた

ところで　「災害対策本部」は本当にこの階にあるのだろうかと見まわすとそう「災害対策本部」はここです　最新式の免震ビルの十七階　免震だからちょっとやそっとの揺れなんかどこ吹く風　そのかわり　中に居る者は　大揺れ小揺れ　床にはいつくばり足腰も立たなくなる　中に在った物　牛乳卵ワインボトル世界文学全集　物という物がへなちょこ肉体を攻撃してくる　今までの人生観も揺すりあげられ叩きつけられるようにできているのです　ここは体験型「災害対策本部」なのです　若者が初めて笑う　さわやかに笑う　明るく笑う

つられて私も笑ってしまう　そう　江戸時代から続く旧家の襖の下張　泥水・潮水がへばりついたヘドロも洗って洗って乾かせば　私たちが失ったのは何だったのか　分かるかもしれない　私なんぞ　生まれてこの方　何を失ったのかも定かでないのだから　失ったのは恋や若さだけではなかったような　命のおもとに関わる何かだったような

荒浜

その名のとおり
波だけがうねりうねり立っているだけで

でも　防風林に守られ町は巨大な音楽堂だった
家々は潮騒と松の籟《ふえ》につつまれてつづき
どの庭にもエンゼルトランペットがかかげられ
ピンク白クリーム色の天の音楽が育てられていて

コンクリートの土台と曲がりくねったガードレールだけの町になっても
光の午後　あの日の交響曲は今日も降りてくる

暮らし

陽に照らされ
天秤棒をかつぎ
石ころ道をたどり
谷風に吹きあげられ
竹籠をかつぎ峠の道をこえ
鰺鯖わかめ秋刀魚を
蕎麦に粟に稗に換え
子どもらにあつあつのを炊いて喰わせ

天然痘も胸の病も
コロリもあった
飢え死も行き倒れも

盗みも密告もあった

ささやかに生き
やがて見放される
それ以上ののぞみは持たなかった
千年をひっそりと老い死んだ

寂しさが道連れ
誰もが知っていたことだが

山川草木悉皆成仏

風にあおられ
雪にまかれ

七万本のつややかな緑をさしだし
七万本のかぐわしい枝をさしだし
けれど　守りきれなかった無念の姿で

風になぶられ
雪にこごえ

七万本のことごとくが体をはり
七万本のことごとくが踏んばり

根こそぎにされた暮らしを根こそぎにされまいと

ここに　立っている

波にうたれ波にしずみ
半身をそがれたまま
根っこだけになったまま
赤剝けの松のまま

津々浦々

縄文の村へ行くつもりが海と崖につきあたり
崖には雑草が繁り狭いトンネルが潜んでいて

秋空の底にひとしずくの港
歴史の荒波からのがれた人々を
ひっそりと受けいれ養ってきた

あの港は消えてしまった
今度　時代に暮らしに追いつめられ
私たちどこへ逃れればよいのか

梅の花

陽《はる》です
陽ですよ

つぶやきながら
さざめきながら

あとがき

「また震災の詩か」「『マグニチュード9・0』の二番煎じか」そんな厳しい指弾の声が聞こえてきそうです。

でも、この詩集を出さずにはおれません。前詩集、『マグニチュード9・0』は被災後一ヶ月間に書きとめたものでした。しかし、春が、夏が、秋が過ぎる中で、さらに新しい事態がつぎつぎと起こり、やはり今日を、明日を生きぬくために書かずにおれませんでした。「生」と「死」、「悲嘆」と「不安」、「孤立」と「疲労」……日常はきわめて単純に、非文学的に過ぎていきます。だからこそ、私にとって、「詩」のことばは、日々欠かせない温もりになりました。もはや、詩のことばは無力でもなく装飾でもなく、大地から贈られた、先祖代々受け継がれてきた、生きるためのエネルギー・遺産だと感じられます。

震災から一年余、さまざまなことを思いました。かつて、私たちのことばが謹みを、畏れを持って祈りをこめて発せられていた時代のことを。さらに先人たちのことばを。

その第一は、漱石の『草枕』の有名な冒頭でした。「智に働けば角が立つ。情に棹させば流される。意地を通せば窮屈だ。兎角に人の世は住みにくい。（略）どこへ越しても住みにくいと悟った時、詩が生れて、画が出来る。（略）こゝに詩人といふ天職が出来て、こゝに画家といふ使命が降る。あらゆる芸術の士は人の世を長閑にし、人の心を豊かにするが故に尊とい」。

この一節は大きな勇気を与えてくれました。こんな時こそ、詩は書かれるべきなのだと。

また、兼好法師の『徒然草』一三七段の一文でした。「花はさかりに、月はくまなきをのみ見るものかは。（略）すべて月花をば、さのみ目にて見るものかは」。

この世のことを見さえすれば見たつもりになってしまう驕りへの戒めとして振りかえりました。さらに、「見えぬもの」を「見えぬもの」として簡単に放棄してしまう愚かさをも。見てもさらに見つめ続ける、妥協しない強靭な精神、見ないものをさらに見ようと希求する慈愛の力が必要な時代になっているのかもしれません。

ついつい筆が走り、偉大な芸術家たちの名を挙げてしまいかなり恥じ入っていますが……。

私の詩篇は、もはや詩の女神にささげるものに値しないかもしれない、そんな怖れを抱いています。しかし、今は、神々の目を盗んででも、さまざまな危険をおかしてでも、詩を欲する人に供するものでありたいと願っています。

前詩集は余震のさなか、まず自分の恐怖心をなだめたい、子どもたちにも、現代詩になじみのない人にも読んでほしい、という思いにかられ書いたものでした。また、それは、ボランティアスクール「ことばの移動教室」のテキストとしても使用しました。そこから『震災　宮城子ども詩集』も生まれました。今回の詩集もより多くの小・中・高校生に、今まで現代詩などにかかわりのなかった人たちにも読んでいただきたいと思っています。

なお、詩集出版にさいし、書を仙台在住の書家、阿部珠翠さん（財団法人書道芸術院審査委員）から、貴重な助言を思潮社編集部の遠藤みどりさんから、装幀を和泉紗理さんに担当していただき、心から感謝しております。

平成二十四年三月十一日

清岳こう

春《はる》　みちのく

著者
清岳《きよたけ》こう
発行者
小田久郎
発行所
株式会社思潮社
〒一六二―〇八四二　東京都新宿区市谷砂土原町三―十五
電話＝〇三―三二六七―八一五三（営業）・八一四一（編集）
ＦＡＸ＝〇三―三二六七―八一四二
印刷
三報社印刷株式会社
製本
株式会社川島製本所
発行日
二〇一二年八月三十一日